Eve suivant le premier venu

22, rue Huyghens, 75014 Paris
ISBN 2-226-01869-7

L'HOMME

la main à griffe
collection dirigée par
jean claude simoën

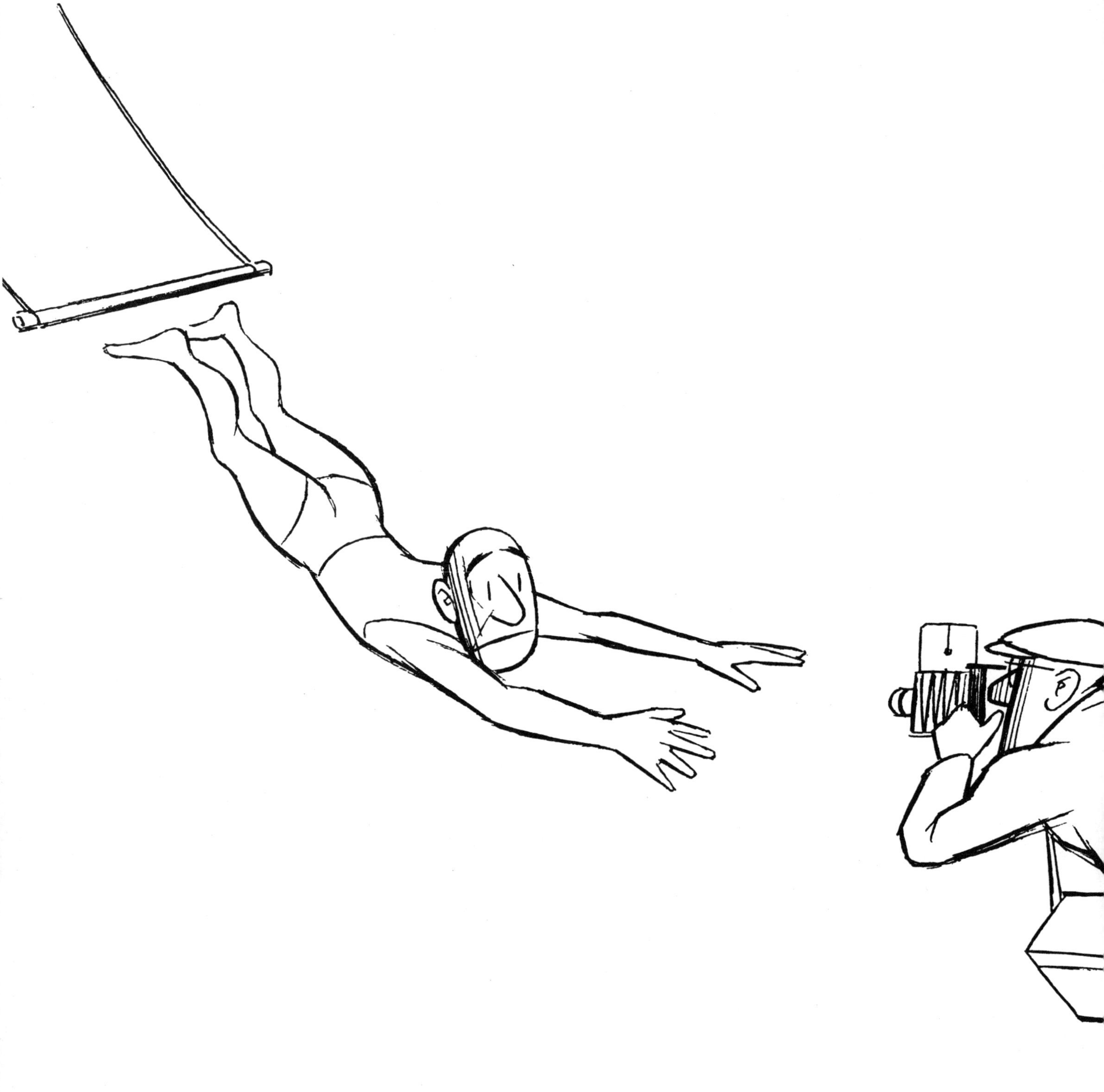

présenté par :

Louis-Ferdinand CELINE **Jean COCTEAU** **Maurice DUVERGER**

L'HOMME

Chaval

Albin Michel

36 rue de Montpensier

Paris
1944

Cher monsieur

Tout ce que vous avez imaginé donne l'exemple d'un esprit de grâce et de précision – Vous êtes singulier comme d'autres sont pluriels. Je ne connaissais qu'Eric Satie (parce qu'on ne connaissait pas de son oeuvre) capable d'un style aussi neuf

Si les gens de cinéma n'étaient pas incultes et s'ils me faisaient confiance (ils s'en gardent) je mettrais tout en oeuvre pour voir cette film.

Je vais en parler tout de même

votre Jean Cocteau

Ceux qui évoquent la Belle Epoque

Dr L.-F. DESTOUCHES
de la Faculté de Médecine de Paris
25 ter, Route des Gardes
MEUDON (S. & O.)

Le 28 / Juill

Cher Monsieur

Pardonnez moi d'être si bref mais je suis écrabouillé par les corvées ménagères, les soins aux animaux et enfin ces rêvasseries à faire tenir sur le papier, plus la médecine !.. ouf !.. et l'âge et les infirmités ! – Je vous suis très reconnaissant d'apprécier si fort mes ouvrages et même mes apparitions ;

Ce n'est pas que
je mène grand train !
Dieu non ! Mais tel encore
pharaonique pour mes
forces !

Je crois que c'est bien
un dessin de vous qui fait
la seule drôlerie de mes murs !
Merci infiniment et toute mon
amitié

LF Céline

Ils sont gentils tout de même...
ceux qui ont les mêmes réflexes que vous

Les confidences recueillies au cours d'une amitié de trente ans, je ne les dirai point. Qui était Chaval ? - Cela n'importe pas. Seul, ce qu'il a fait importe, et ces pages le montrent mille fois mieux que le feraient mes paroles. Il a écrit lui-même - notamment dans son Petit Bilan - ce qu'il voulait qu'on connaisse de sa vie. Le reste est son domaine privé, fermé, qu'il défendait contre les intrus. Il vivait dans un monde clos - un "œuf" disait-il - avec Annie sa femme, un petit groupe d'amis généralement très anciens, son chien, ses crayons, son stylo, sa caméra et ses personnages. Les autres ? - "Tous des cons, disait-il, sauf nous". Il le pensait. Mais à travers ses dessins, on croit voir transparaître parfois une indulgence, une pitié pour ces "cons". Comme Céline, qu'il admirait, Chaval est-il un misanthrope tendre.

"Si mes dessins sont meilleurs que les autres, c'est qu'ils vont jusqu'au bout : ils détruisent tout. Mais ils vont jusqu'au bout parce que j'y vais moi-même, et que je me détruis aussi" : je rapporte ce mot de lui (en 1965) parce qu'il peut éclairer son œuvre. Encore qu'il me semble trop dur. Chaval s'est détruit lui-même, mais son œuvre ne détruit pas tout. Si ridicules, si lamentables, si absurdes que soient les fantoches qu'il a créés, ils restent souvent pitoyables. Oiseaux à l'œil rond, ahuris, perdus, solitaires, paumés ; pharmaciens fuyant d'incompréhensibles orages ; petits bonshommes étriqués et méticuleux, figés dans une gigantesque médiocrité : l'implacable précision du trait les délimite avec cruauté. Pourquoi faut-il qu'il nous paraissent fraternels, cependant ?

"Ce Poujade, au fond, comme il nous ressemble" me disait Chaval au lendemain du triomphe dérisoire du papetier de Saint-Céré (quelle belle analyse politique, entre parenthèses !). Tous les Poujades et sous-Poujades sortis du crayon chavalien - hommes, anges, diables, oiseaux, chiens, taureaux, bagnards - comme ils nous ressemblent au fond. Est-ce la raison de notre indulgence ? Vient-elle de nous plutôt que de l'auteur ? - Tous des cons, oui. Mais pas des cons méchants semble-t-il. Est-ce une illusion ?

MAURICE DUVERGER

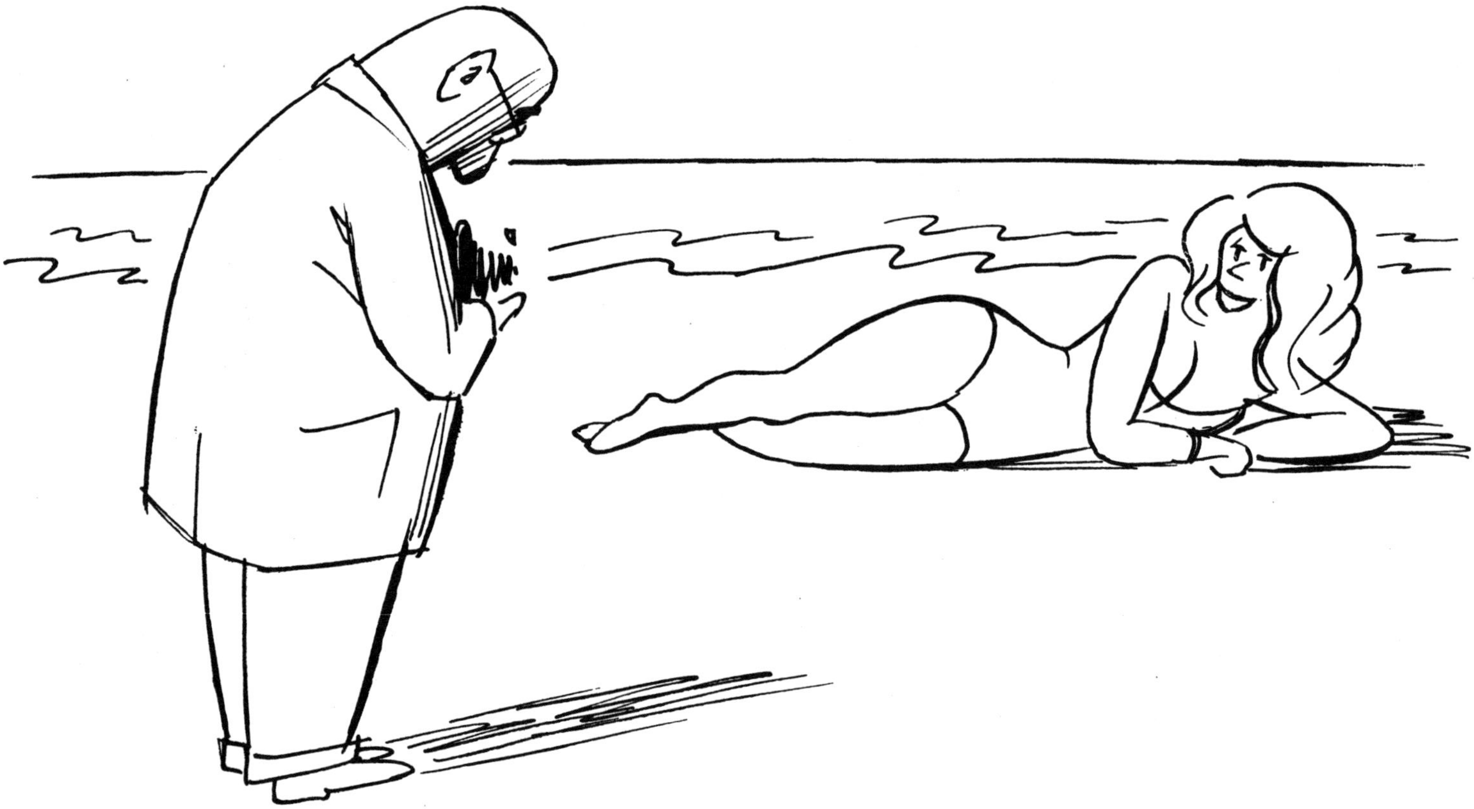

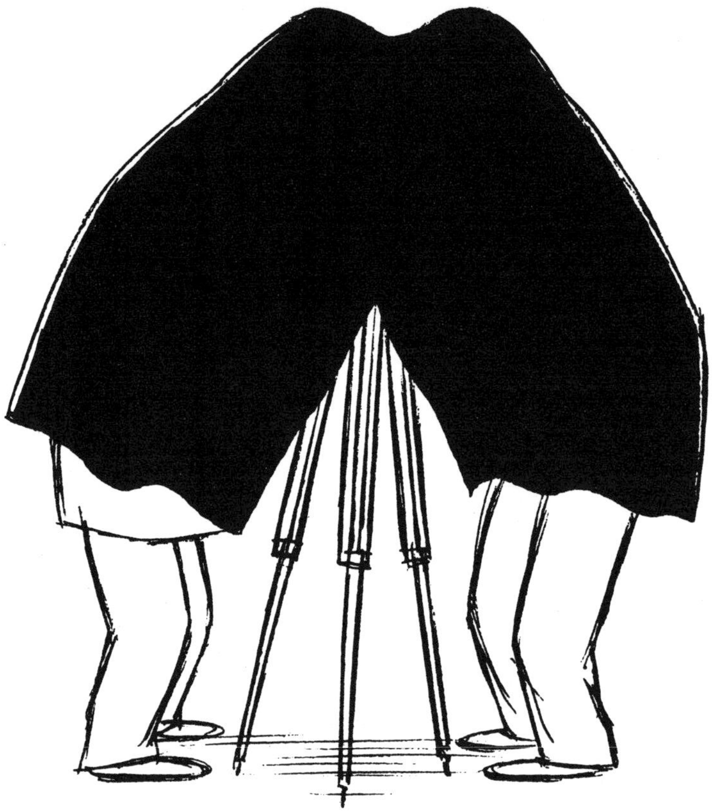

PHOTOS

MATCH

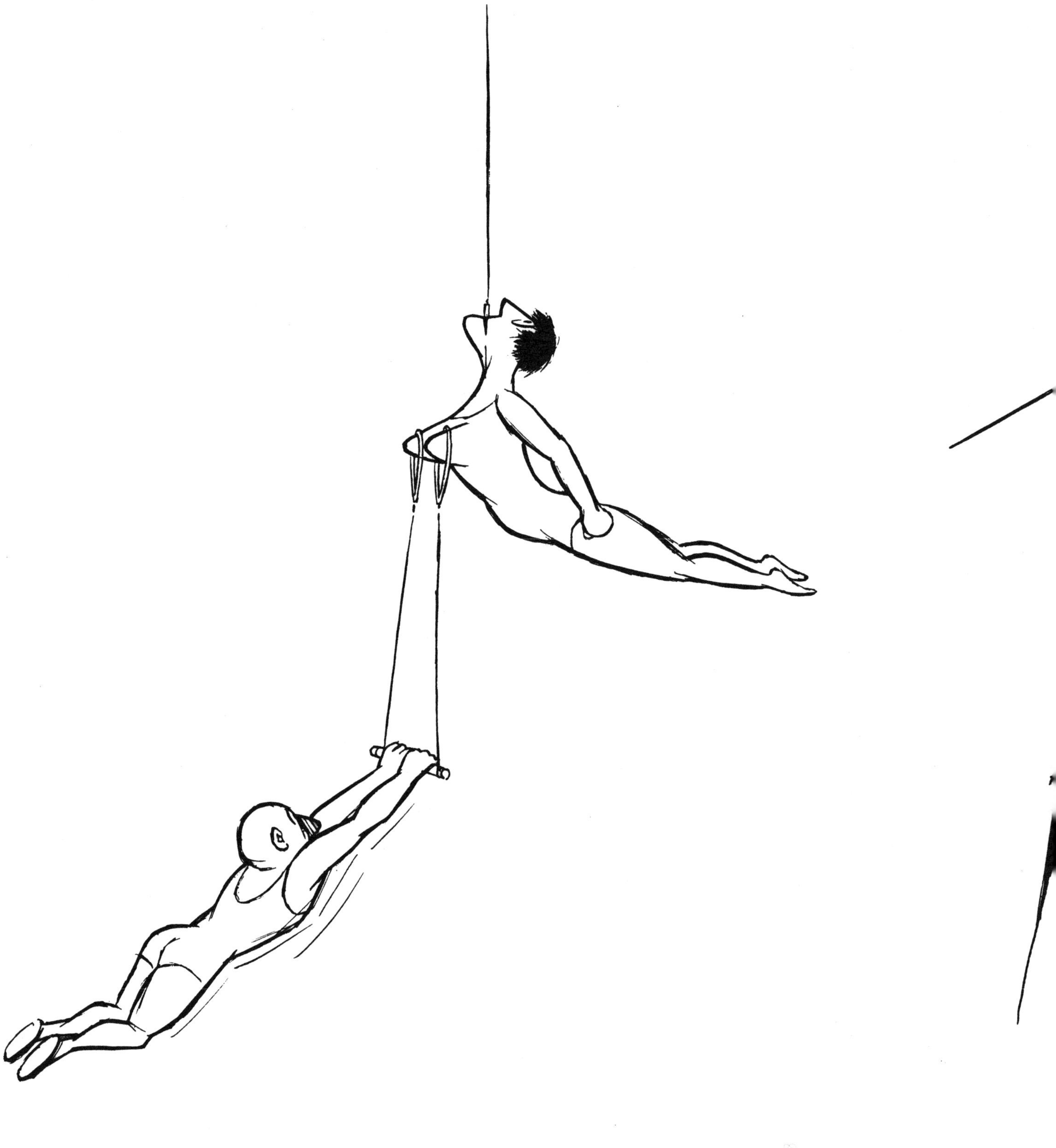

IRQUE DE
AVARNIE

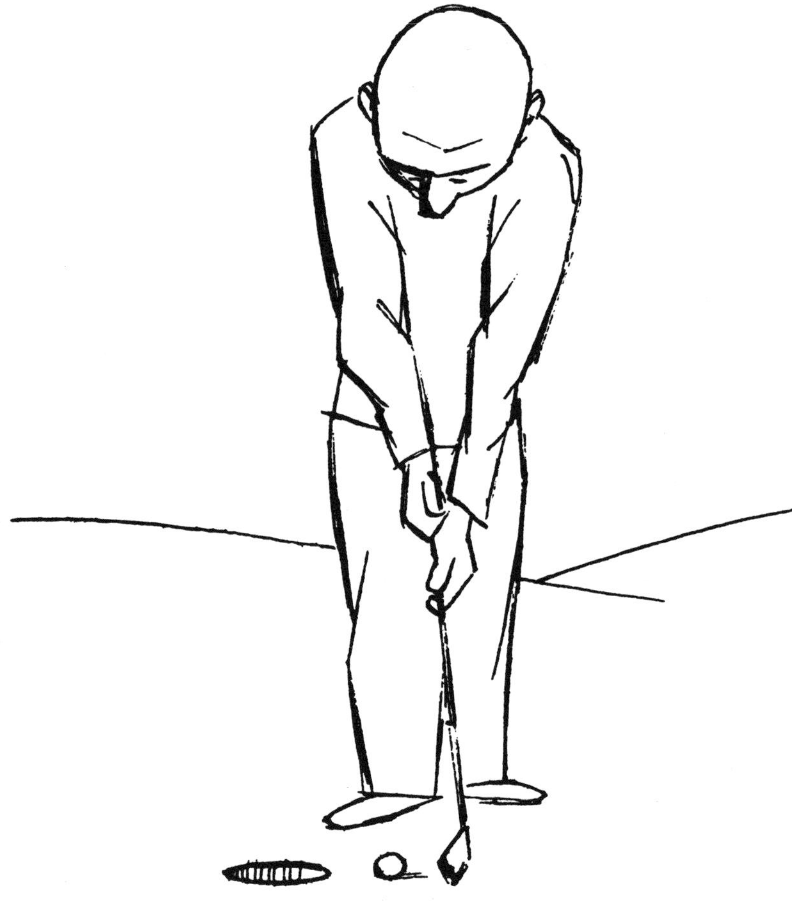

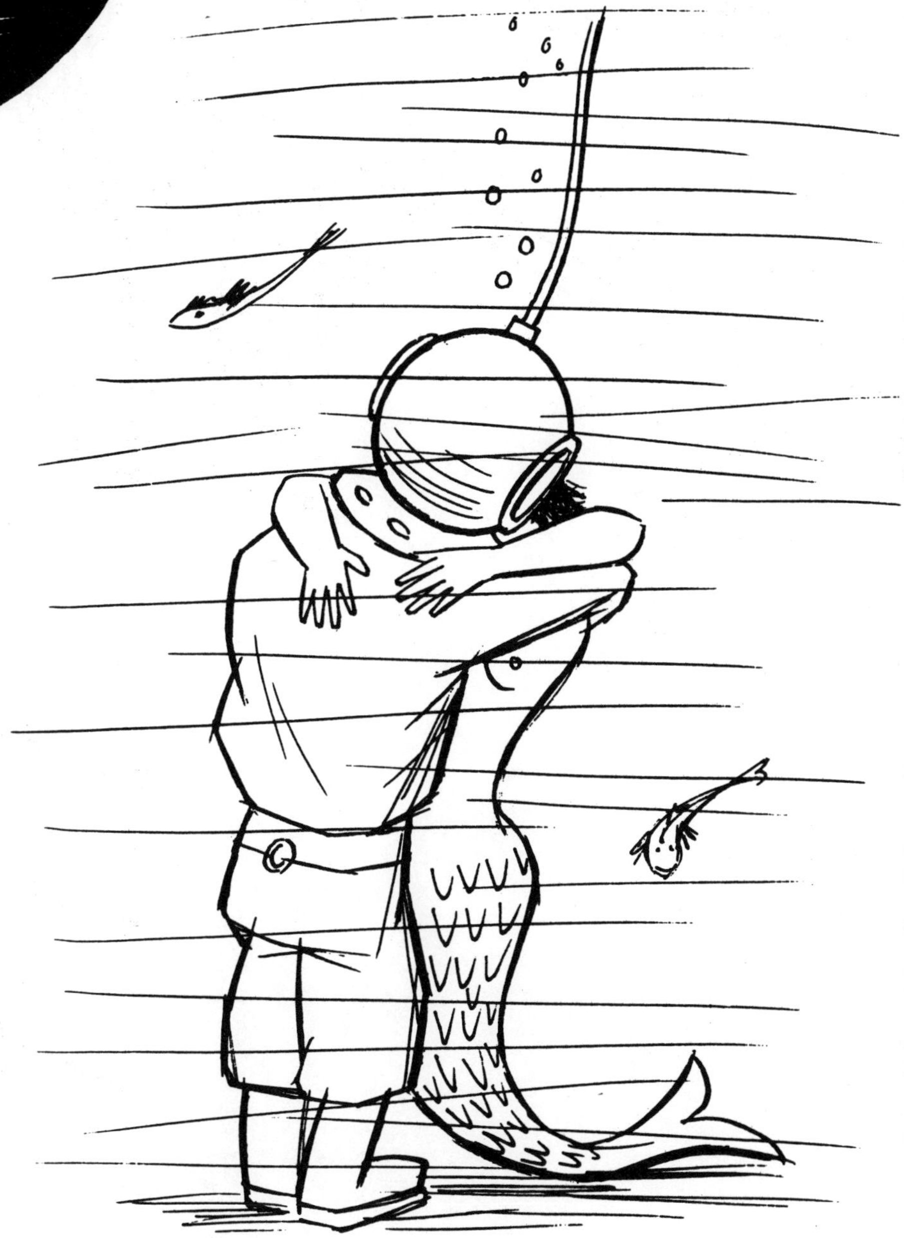

— Viens dans la rue, si t'es un homme

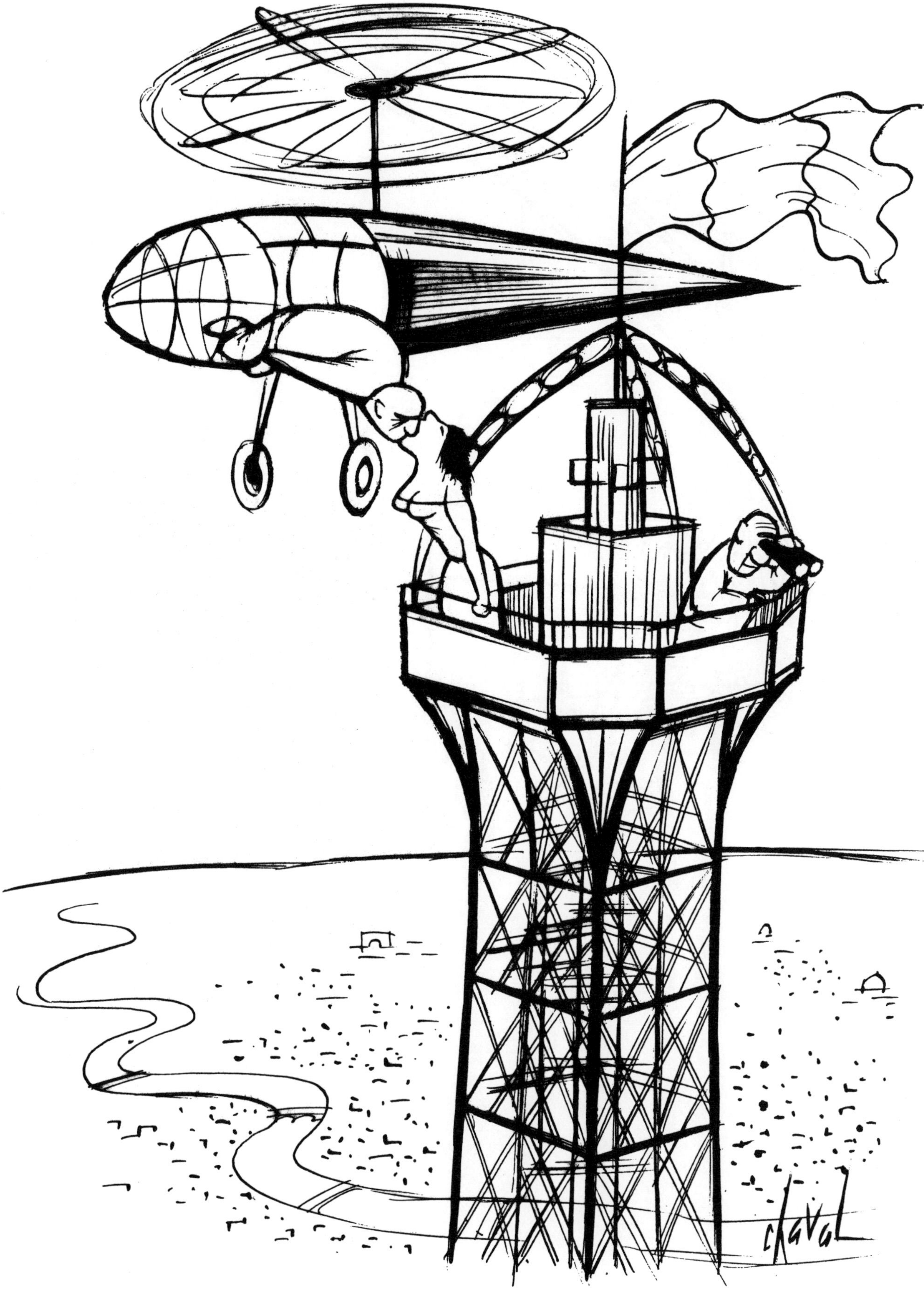
chaval

970.000.000 F
30F
7000 F
2500F
400 F
70 F

officier de narine et capitaine au long cou

Soldat capable de déclencher une guerre atomique

Blériot s'entraînant à traverser la Manche

Astronaute pas fier buvant avec un cul-terreux

crétin ému par un hymne national

Marseillaise mangeant un rouget de Lille

Séditieux méticuleux

Monument plusieurs fois ravalé

Homme d'état victime d'une indisposition heureusement sans gravité

Ministre de l'intérieur vu de l'extérieur

— Permettez-moi de vous présenter notre Directeur Général

Président Directeur (

perdu dans un désert

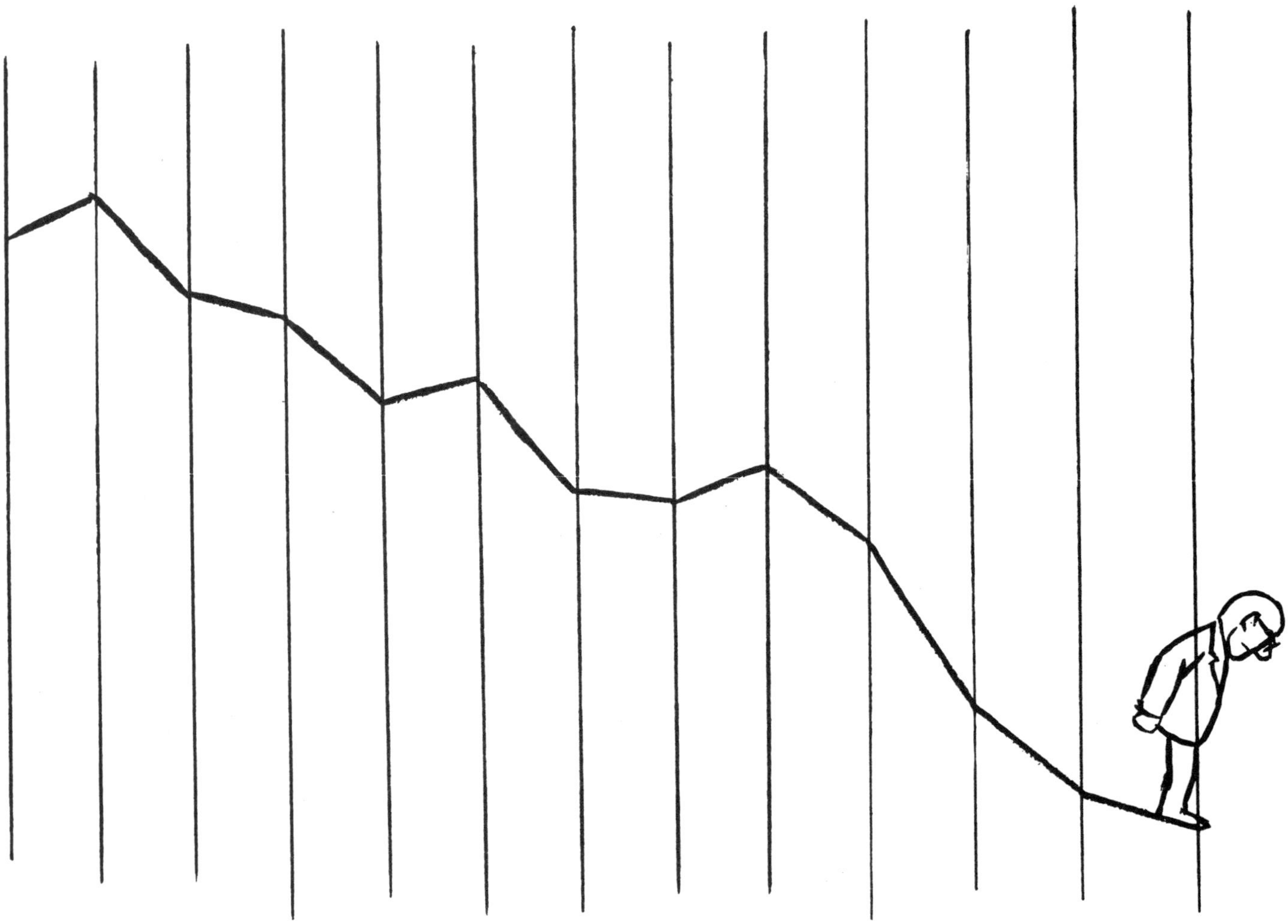

Industriel inquiet

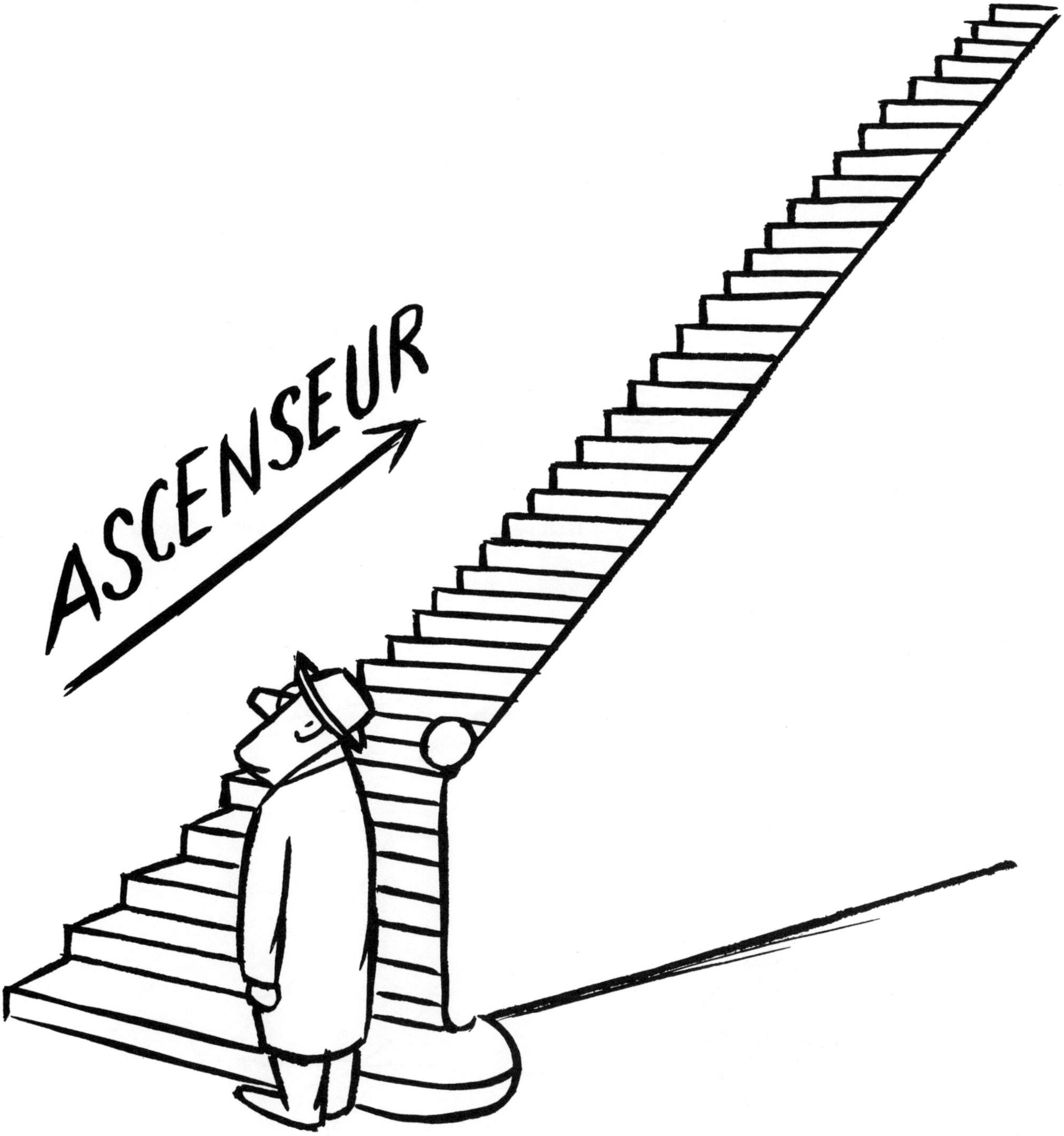
ASCENSEUR

Releveur de compteurs relevant le moral d'un abonné

Contrôleur des Contributions Directes
fraternisant avec un contribuable devant un calvaire breton

— Il a des yeux humains, votre barbet

Madame de Sévigné donnant un gros pourboire au facteur

Self made man

— Oui, je crois que c'est le petit Larousse

André Gide achète un journal...

un voleur le lui vole...

Gide poursuit le voleur...

Il s'arrête, essoufflé

Le voleur continue à courir
pendant quelques minutes...

puis il marche et crie :

Homme de génie achetant un paquet de lessive

Lubo Vistra vernissant un stratagème

Saint-Etienne de Baigory recevant les stigmates

Edison découvrant le phonographe

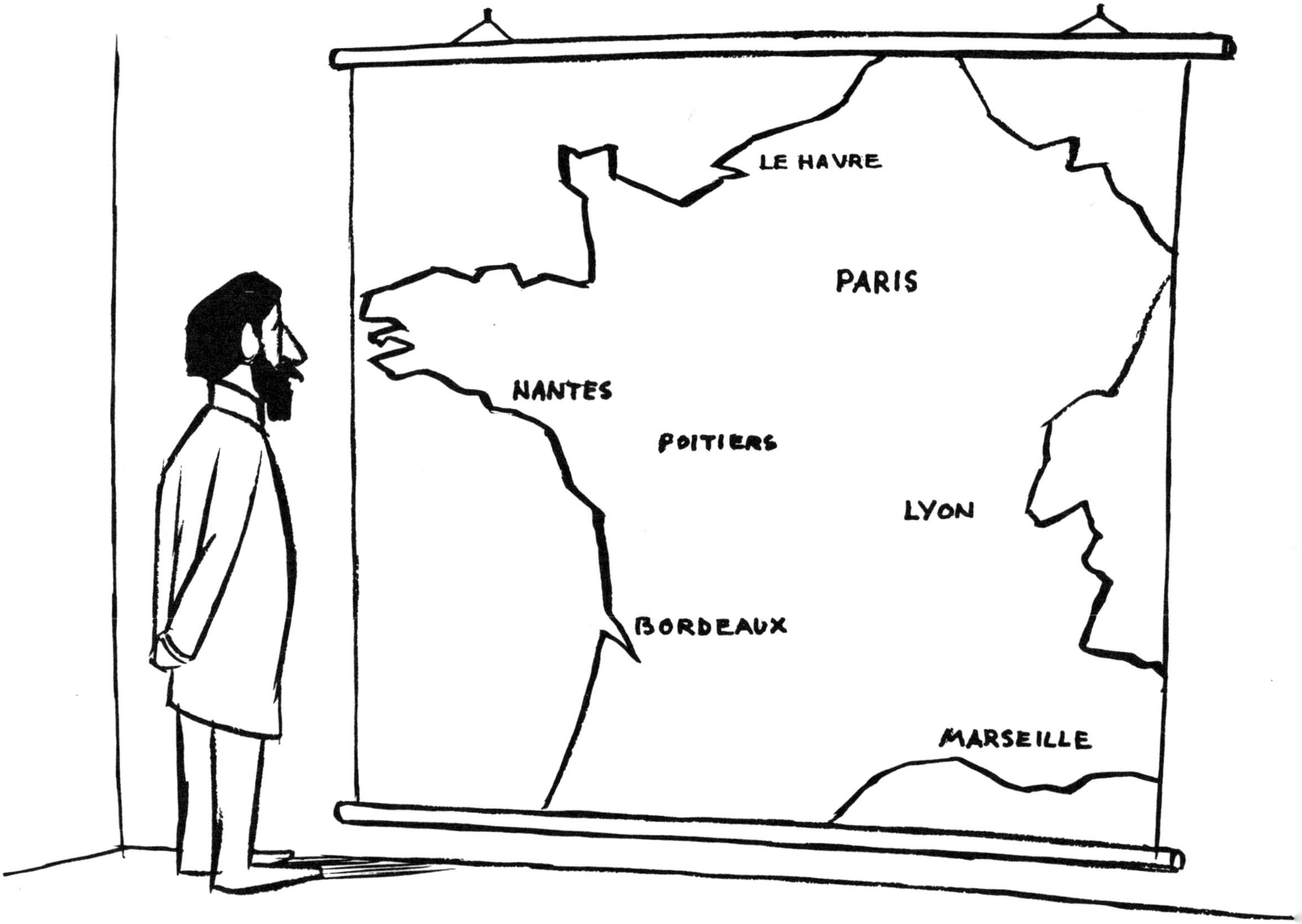

Anatole Thibault cherchant un pseudonyme

— « Académie » ça prend qu'un c ?

Scientifiques jouant au microscope

Corrosion expérimentale

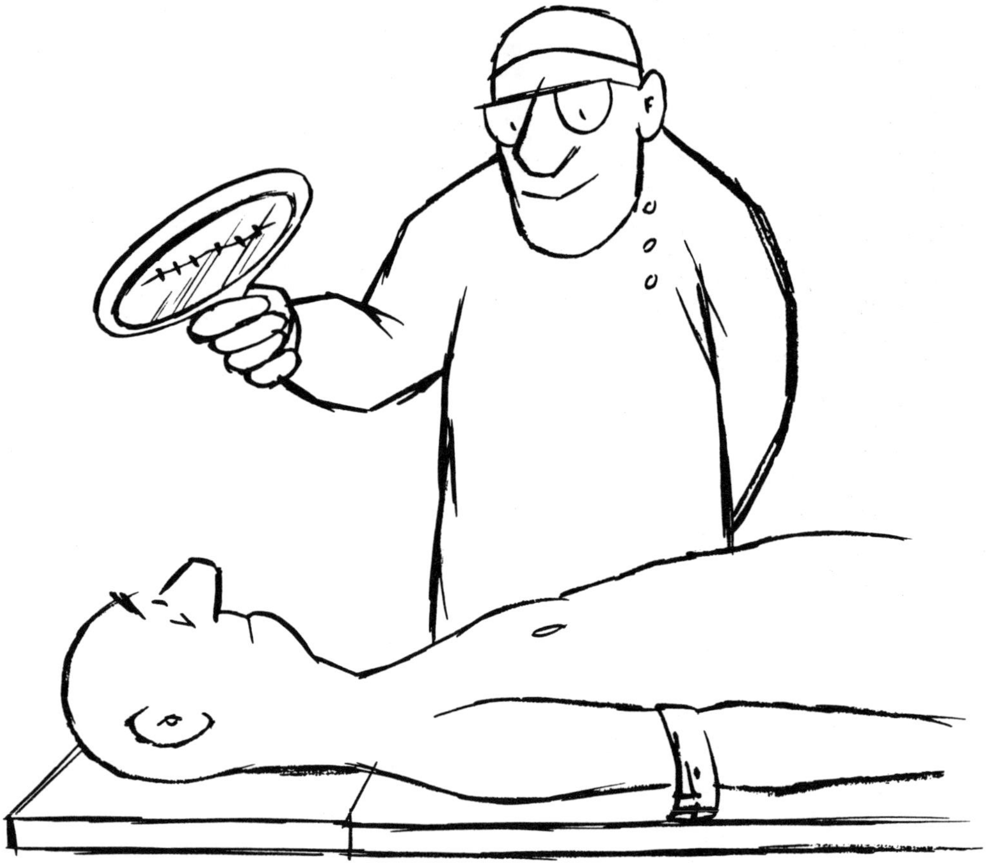

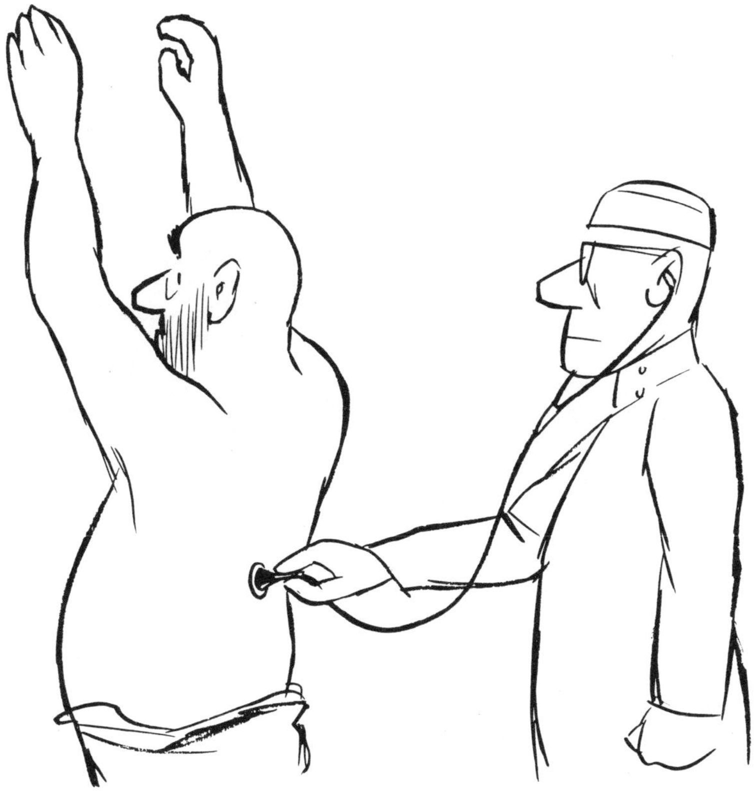

Chaval

Demi-fou

Fou d'orgueil

Fou contrarié

Fou du volant

Fou classique

Espiègle retireur de chaises

Fou de musique

Fou de littérature

Fou conventionnel ou faux-fou

Fou d'animaux

Fou de télévision

Chanteur de charme ayant perdu son charme

— Encore un qui est devenu radio-actif

TABLEAU DE
DURAND
COULEURS
DE
LAFRANC
TOILE DE
MARTIN
TENDUE PAR
DUBOIS
ACCROCHÉE PAR
DUPONT

Léonard de Vinci faisant une cène à sa mère

Ceux qui aiment la peinture

— Je suppose, Mademoiselle, que vous connaissez la légende de Léda

peintre d'histoire

crétin ravi par la télévision

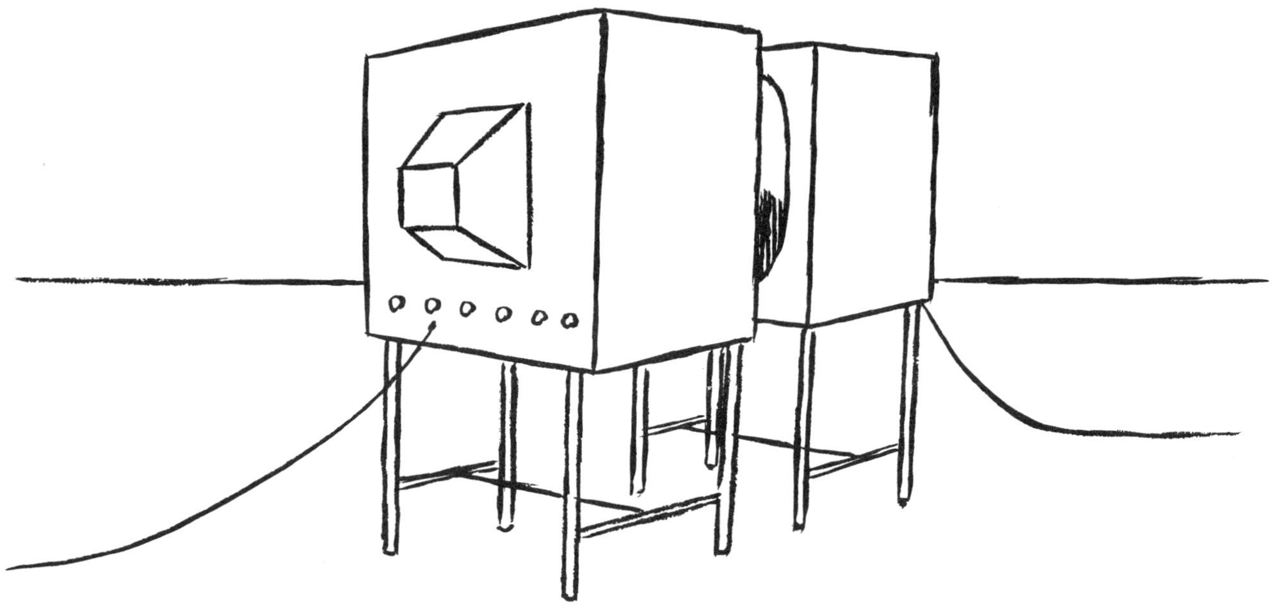

konoviseurs se faisant face

chaval

producteur metteur en scène 1er assistant

machine à laver — téléviseur

assistant

balayeur

montage à l'Italienne

caméraman

distributeurs luttant contre un réalisateur

doublage

— vous n'avez jamais fait de figuration, mon petit ?

— c'est mauvais, coupez !

— crétin !

Concours Lépine

3742

POLICE

— Vous, vous auriez fait l'Ecole Hôtelière que ça ne m'étonnerait pas !

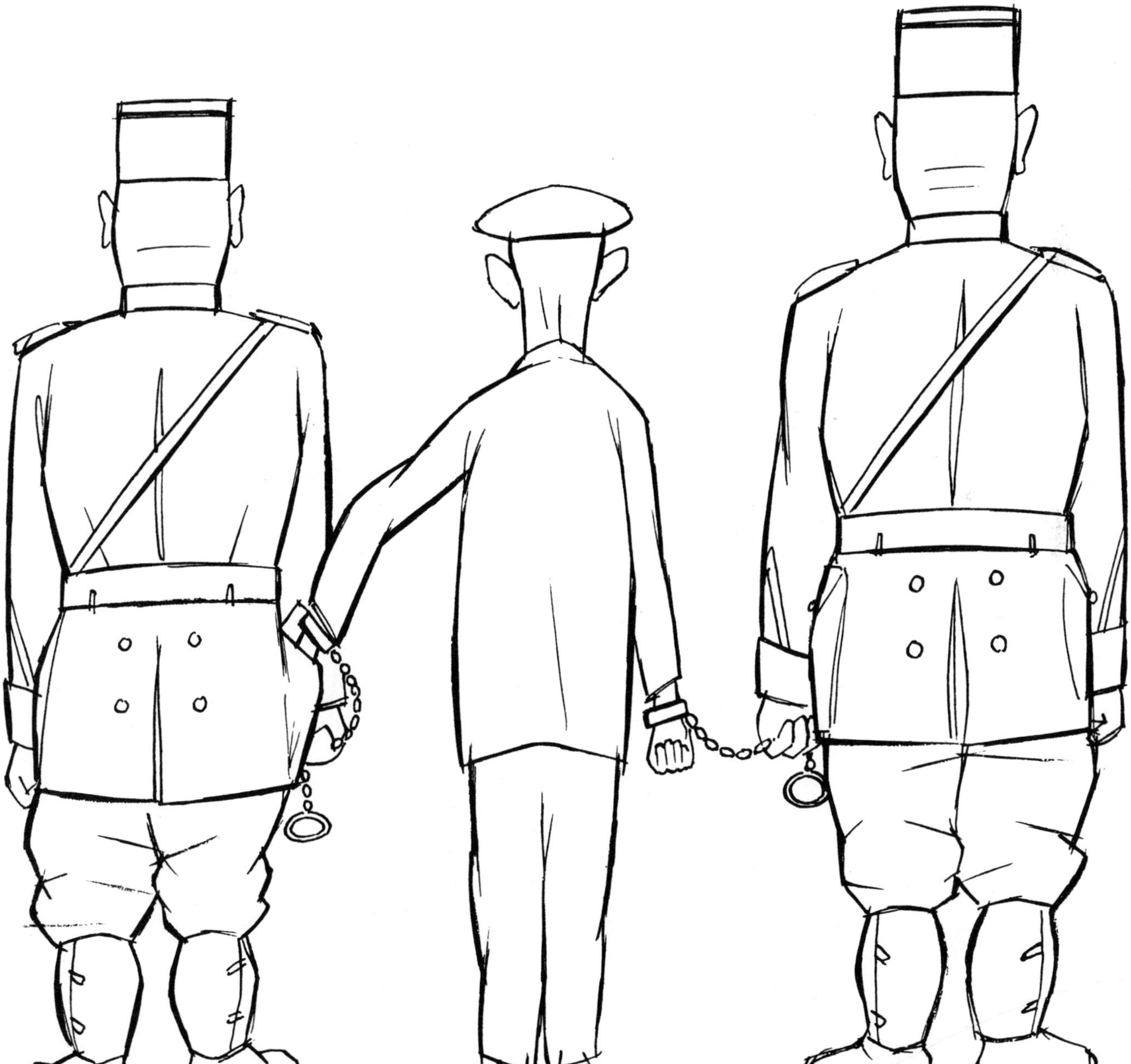

le veuf sur le toit

BIJOUTERIE

— allô ! centrale 00 22 ? passez-moi les réclamations !

et si vous avez besoin de quoi que ce soit...

persuasive

MORT AUX VACHES

POMPES FUNEBRES
DÉCÈS

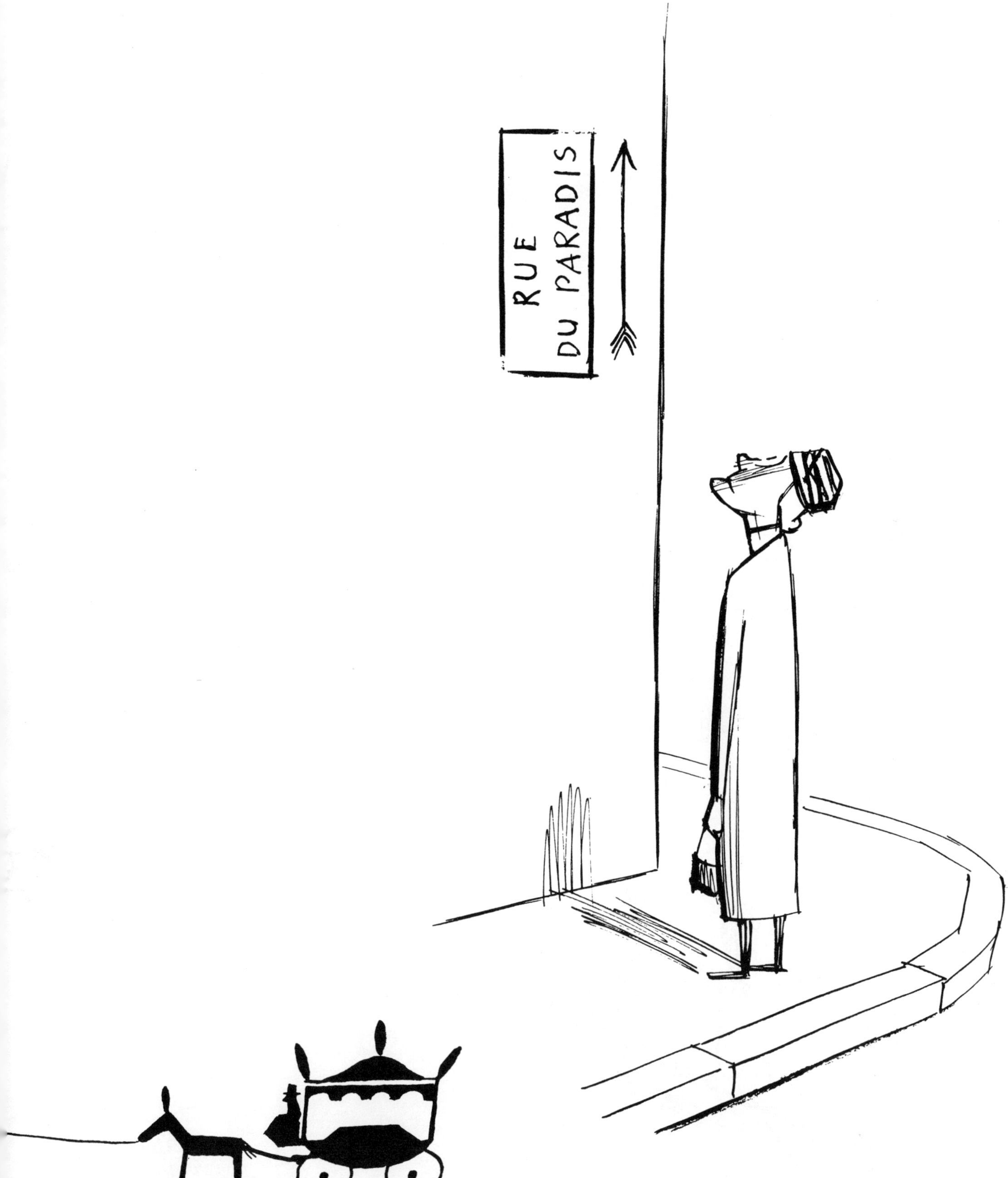
RUE
DU PARADIS

Papes étonnés par un gratte-ciel

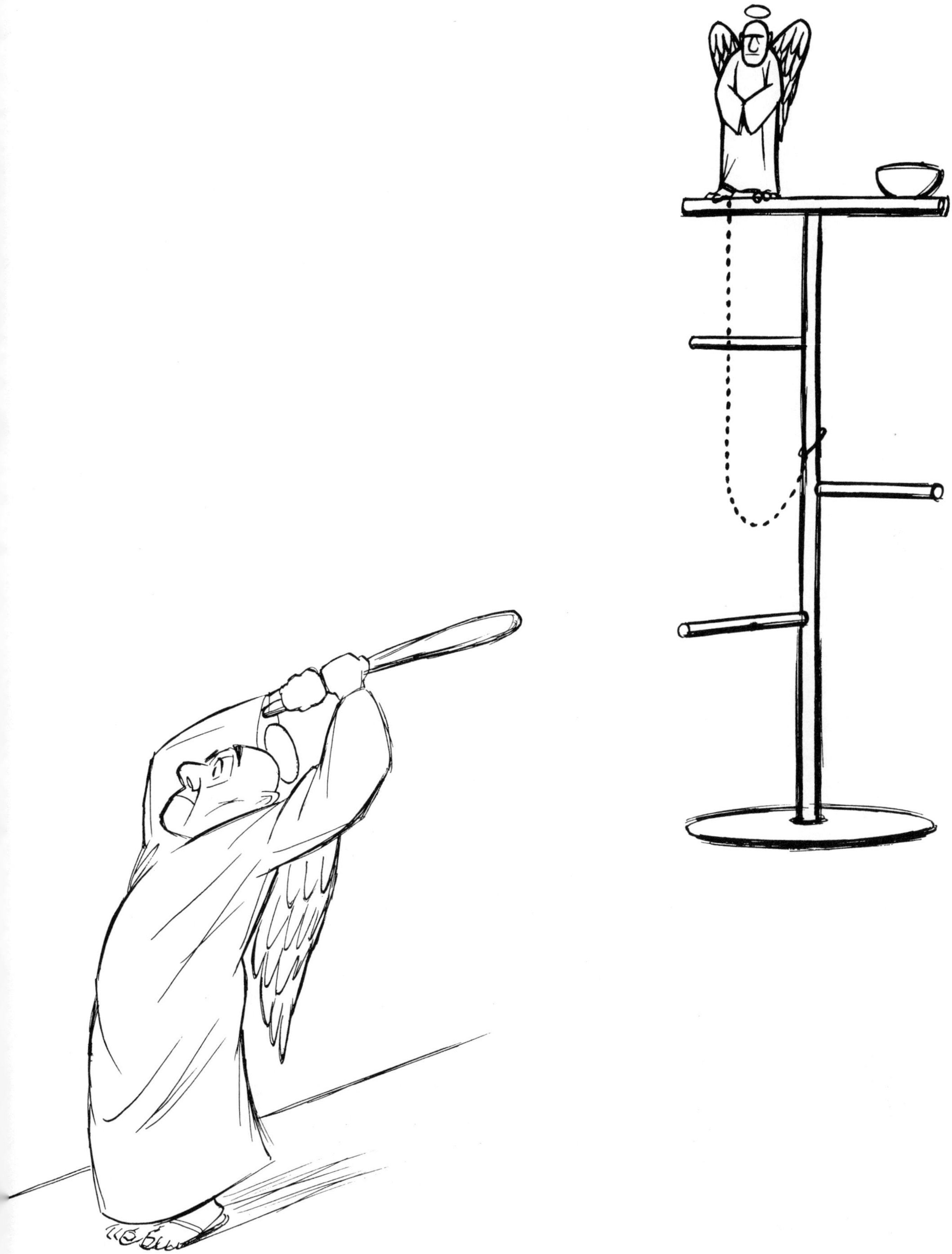

Chute planée

Père Noël de Cromagnon

Père Noël gaulois

Père Noël gothique

Père Noël Henri III

Père Noël Louis XIII

Père Noël Louis XIV

Père Noël Louis XV

Père Noël 1789

Père Noël Empire

Père Noël 1920

Père Noël 1960

SALLE D'ENTRAINEMENT

Ceux qui vous font partager leurs joies

— Je ne savais pas
que vous aviez un aussi grand garçon !

— Il faut tenir compte du fait
que l'architecte n'a que quatre ans

transport d'enfant

F

chèque au porteur

SERVICE

TAXIS
TAXI

... un peu plus d'apparat dans la vie quotidienne

à chacun son jouet

à l'esbroufe

virtuose du clavier et du volant
se rencontrant au carrefour pleyel

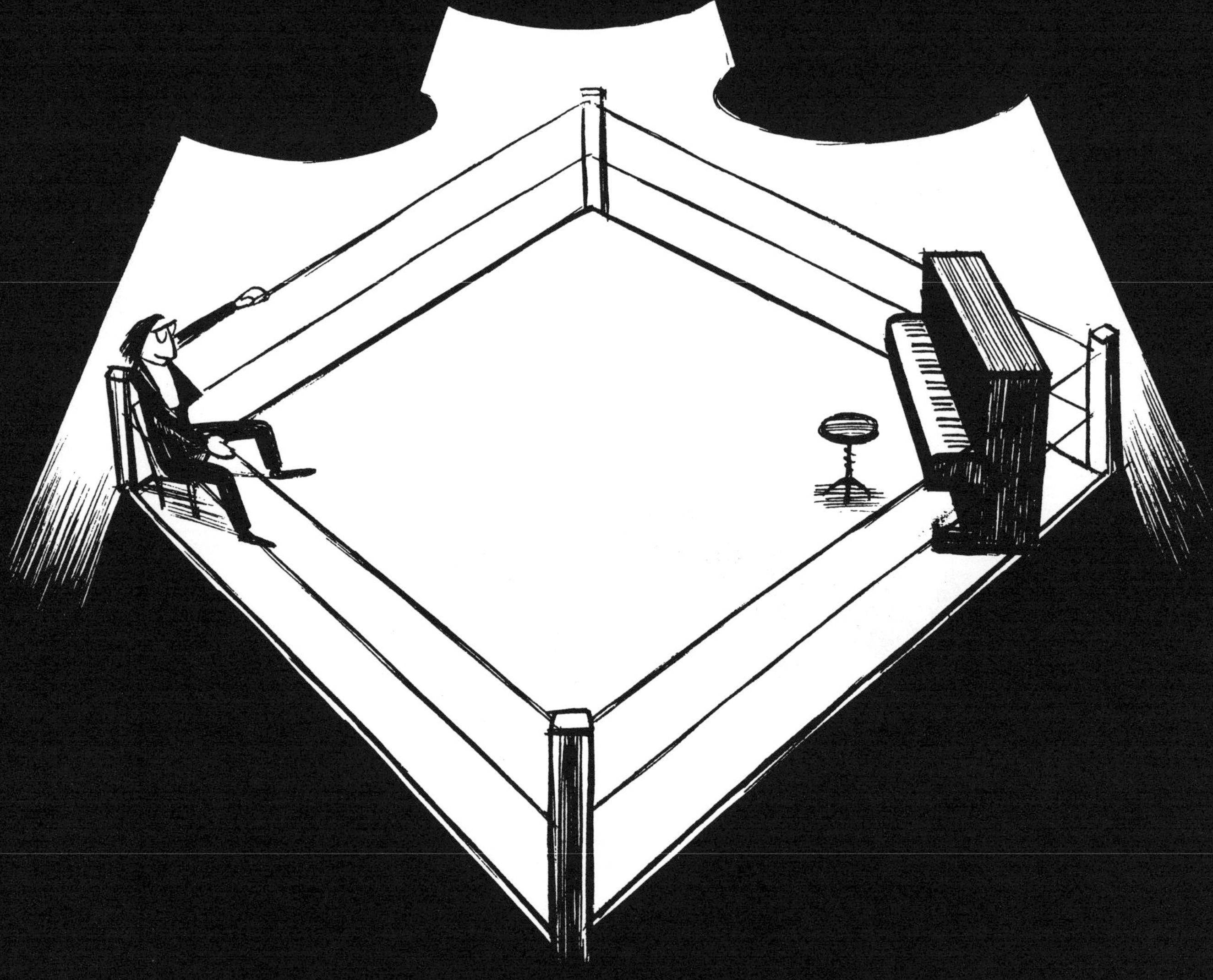

— « marchand de piano o o s ! »

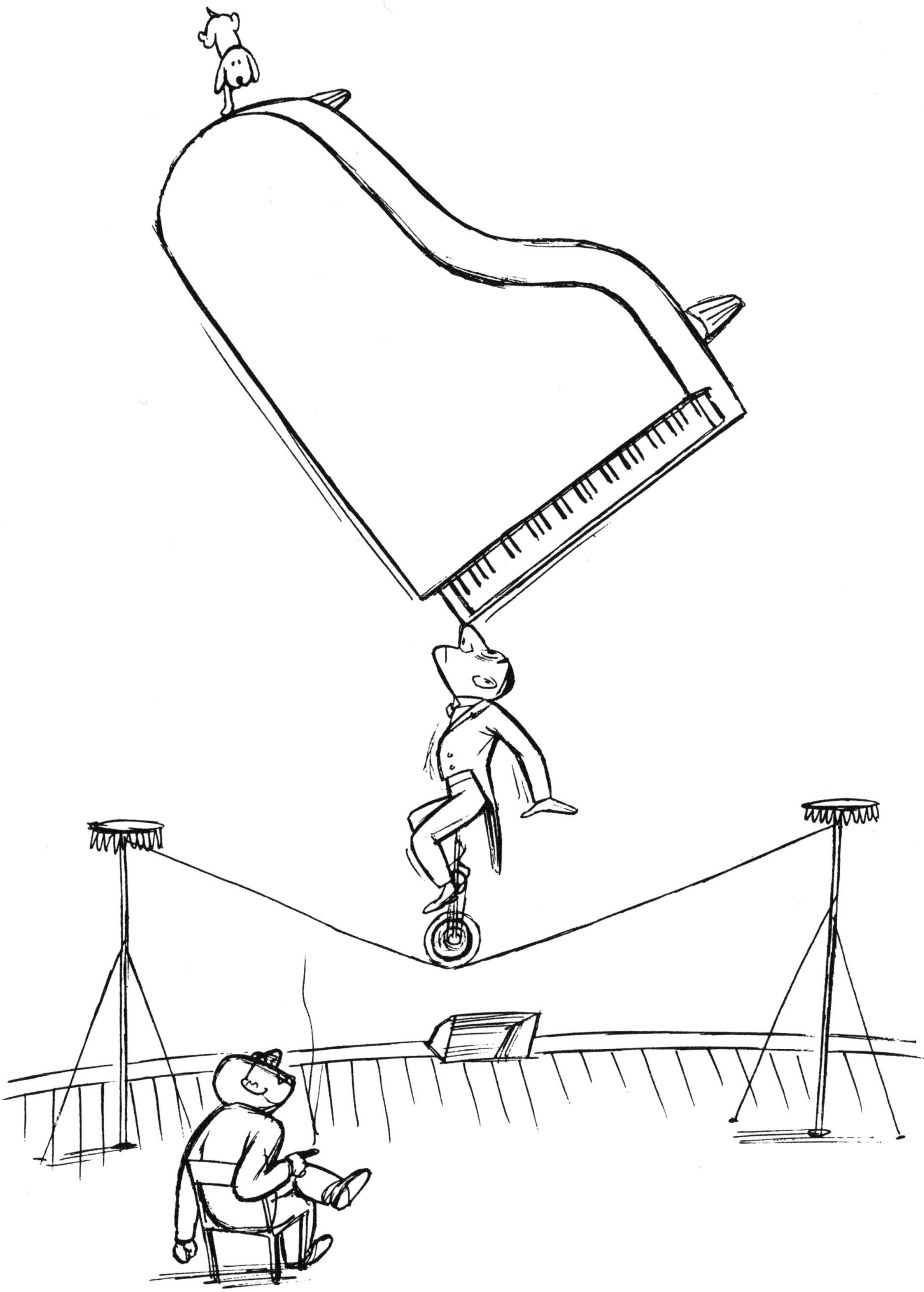

violon incombustible pour pompier

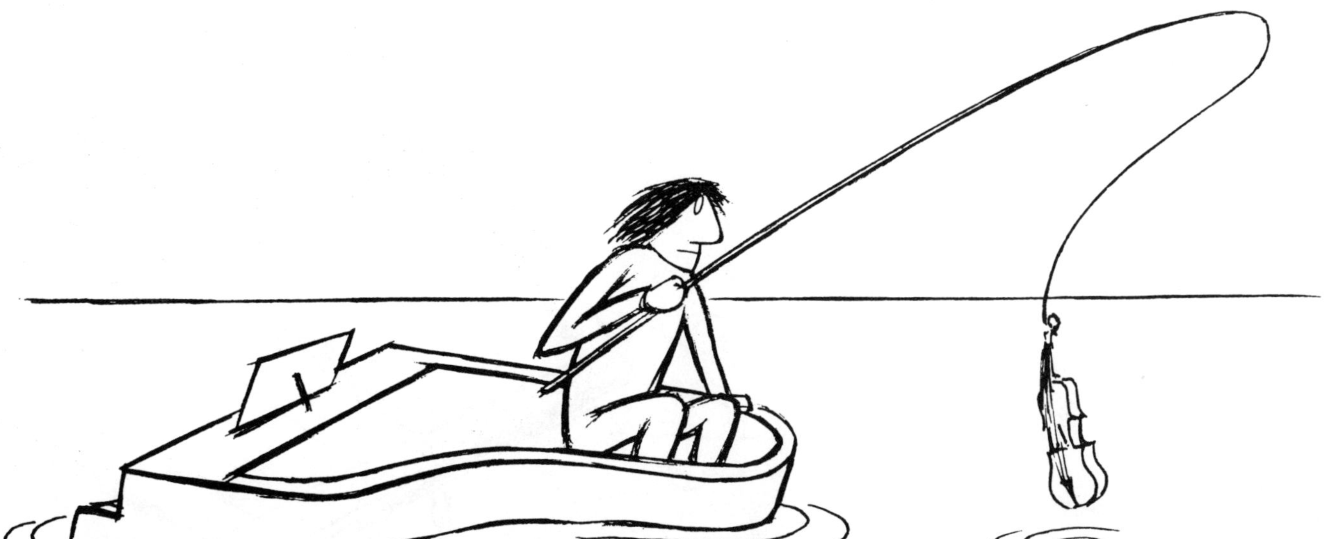

touristique

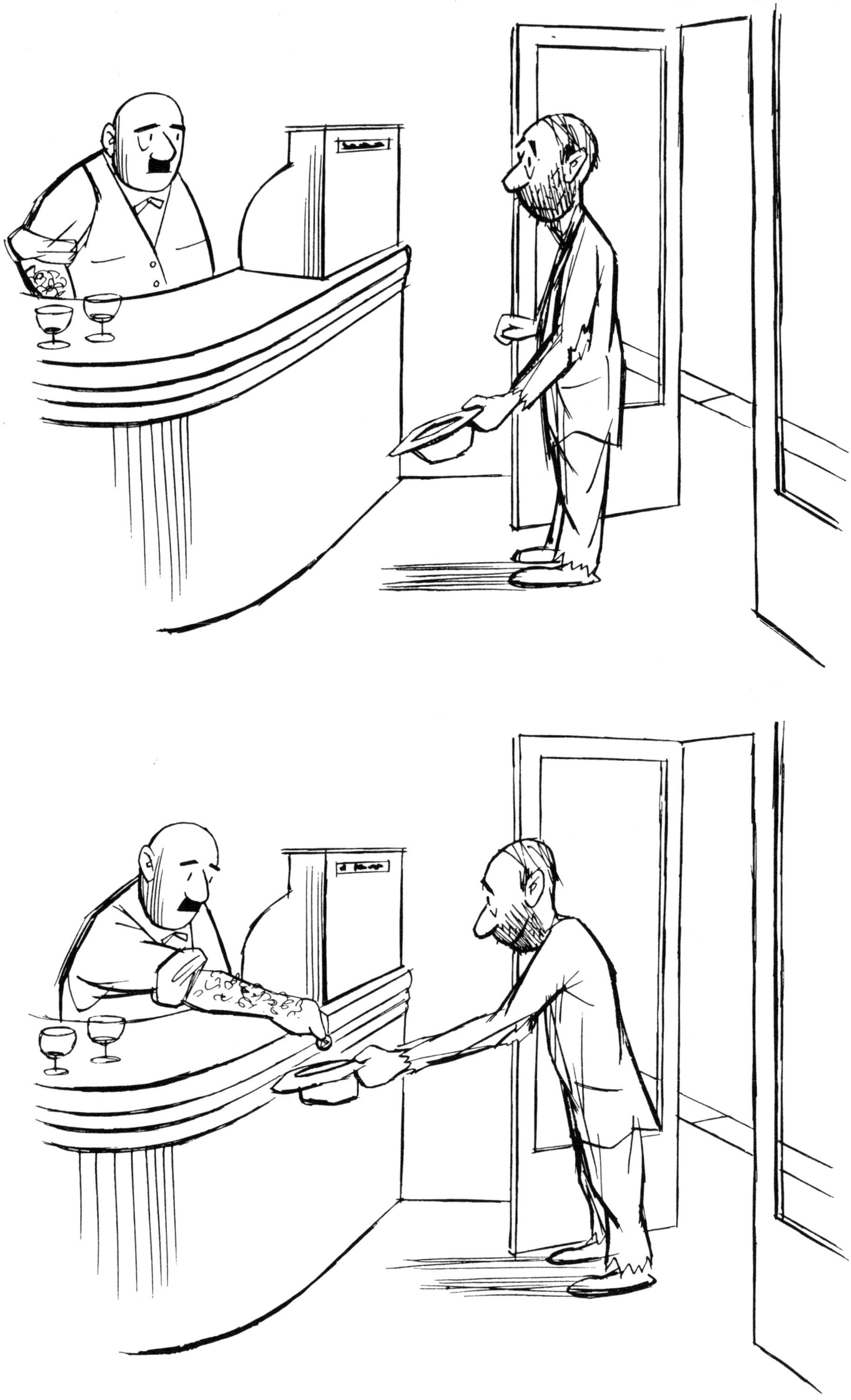

BAR

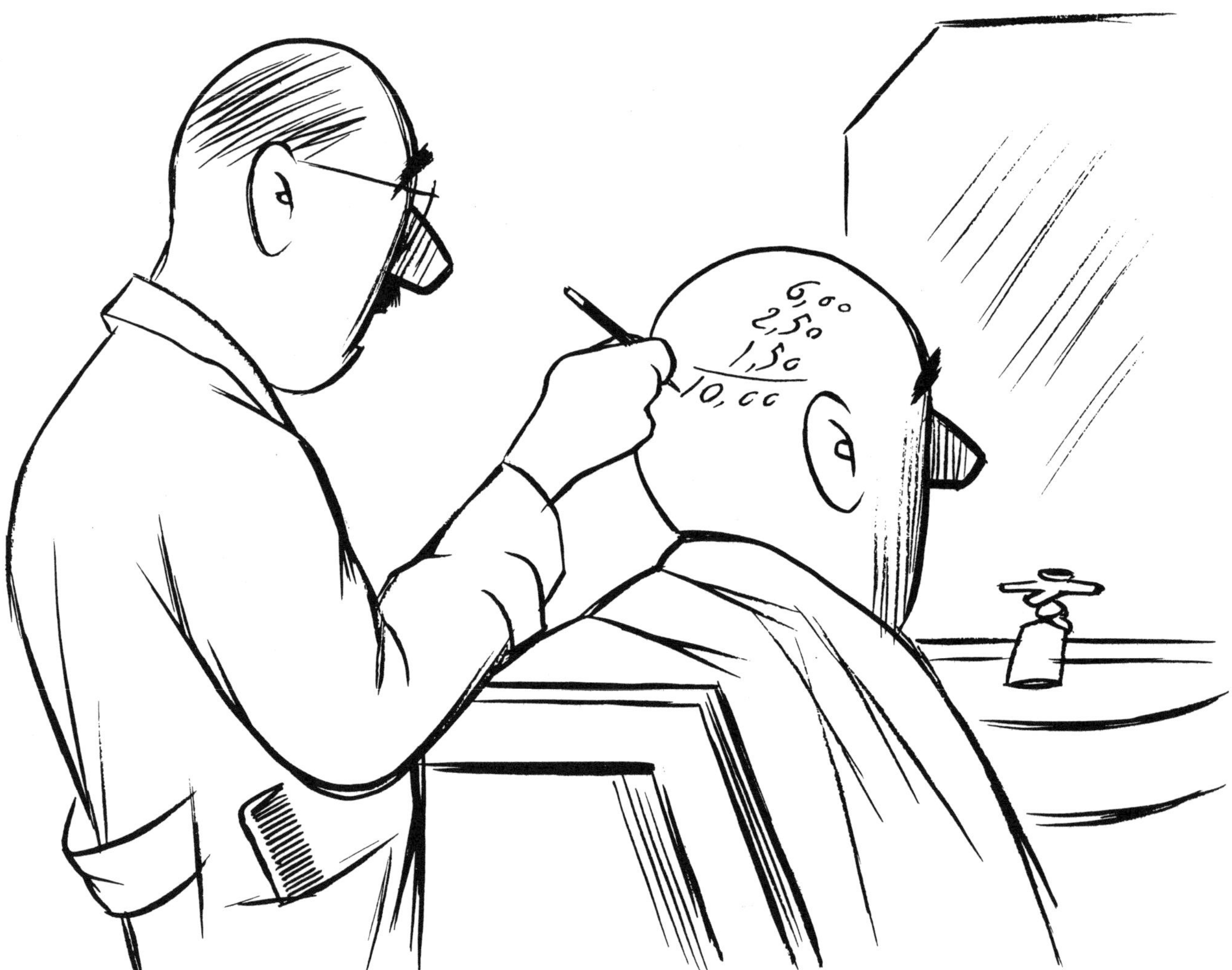

— Ça vous fait 1 000 francs tout rond

Chaval

a dessiné regulièrement à :

PARIS-MATCH

LE FIGARO

FIGARO LITTÉRAIRE

NOUVEL OBSERVATEUR

Achevé d'imprimer
en juillet 1983 sur les presses
de l'Imprimerie du Marval, à Vitry-sur-Seine
sur les maquettes de Paul-Henri Moisan

Dépôt légal : octobre 1983
N° d'Édition 8038
N° d'Impression 3081

femme nue suivie par un homme habillé
sensiblement plus petit qu'elle